최저에서 최상으로
가는 길목에 서서

최저에서 최상으로
가는 길목에 서서

초판 1쇄 인쇄 2019년 2월 7일
초판 1쇄 발행 2019년 2월 11일
지 은 이 김성수
발 행 인 김승일
디 자 인 Daln

펴 낸 곳 경지출판사
출판등록 제2015-000026호
판매 및 공급처 도서출판 징검다리
주소 경기도 파주시 산남로 85-8
Tel : 031-957-3890~1 **Fax** : 031-957-3889 **e-mail** : zinggumdari@hanmail.net

ISBN 979-11-88783-87-8 03810

Kim Sung Soo

최저에서 최상으로
가는 길목에 서서

김
성
수
시
집

 경지출판사

김성수의 시집을 읽는 분들에게

"까똑" 하는 울림이 시끄럽다고 무음으로 해놓는 사람도 있지만, 나는 아주 정답고 반가운 소리로 들린다. 어떤 때는 왜 안 울리나 하는 바람이 일기까지 한다. 이런 울림이 있으면 그 안에는 "어떤 소식이 왔나?" 하는 기대감이 작용하기 때문이다. 물론 많은 것이 한꺼번에 전해질 때는 시끄럽다고 느껴지기에 주변 사람의 눈치를 보기도 하지만, 그래도 나는 어떤 음악소리보다 좋게 들린다. 나하고 커뮤니케이션하는 사람이 그만큼 많다는 의미이기도 하고, 지루함과 노곤함에서 나를 일깨워주기도 하기 때문이다.

대체로 전해오는 내용은 짧은 애경사 관련 소식이 많지만, 좋은 말과 좋은 동영상도 꽤나 많이 들어온다. 그러나 그중에서도 나는 김성수 시인처럼 자기 글을 써서 보내는 글을 좋아한다. 중국 국무원 국제위원(한국)인 나는 종종 회의 차 중국을 가는데, 회의장소가 이곳저곳에서 열려 주로 기차로 이동한다.

대체로 5시간에서 8시간을 이동하는 거리이기에 그때마다 독서를 하며 시간을 때우지만, 가끔은 지루함을 느낄 때도 있다. 그럴 때 "까똑" 하는 음이 울리면 정신이 번쩍 들곤 하는데, 그럴 때 좋은 글이 들어와 있으면 읽고 또 읽고 하며 그 글을 음미하고 또 음미해보곤 한다. "빨리 빨리" 움직여야 하는 한국에서의 일상에서는 맛 볼 수 없는 향락이다.

우리에게 아주 익숙한 말에 "인생은 짧고 예술은 길다" 라는 말이 있다. 그러나 나는 이 말이 그리 살갑게 와 닿지를 않는다. 왜냐하면 살아보니 인생이 너무나 길다고 느껴지기 때문이다. 이제 황혼 길에 들어선 우리가 지나온 길을 헤아려 보면 고달픈 삶도 많았고, 쓰디쓴 아픔도 많이 경험했을 것으로 안다. "젊어서 고생은 사서도 한다"고 했지만, 우리는 고생할 수밖에 없는 운명을 타고난 때문인지는 몰라도 참으로 숱한 고생을 했다. 그렇다고 후손에게 금수저를 물고 태어나게 할 정도로 성공한 것도 아니면서 말이다.

어쨌거나 수많은 희로애락을 점철하며 살아오다 보니 나도 모르게 "인생은 참 길다" 라는 생각을 나도 모르게 하게 된다. 반면에 "예술은 길다"고 했는데, 물론 훌륭한 예술의 영원함을 칭송하는 말이라는 것은 알지만, 그러한 예술작품이나 예술

가는 그리 많지 않기에 "보편성" 이라는 각도에 맞춰서 생각해보면, "인생은 짧고 예술은 길다" 라는 말은 어딘가 억지성이 느껴진다.

　이런 푸념을 늘어놓는 것은 이렇게 긴 인생을 살아가는 우리의 생활관을 반추(反芻)해 보기 위함에서 이다. 한국인의 의식속에는 늘 잠재해 있는 "빨리 빨리" 라는 말이 있다. 그래야만 살 수 있기 때문에 "빨리" 라는 카테고리 속에 갇혀서 살아왔던 것이다. 덕분에 이제 배고픔이라는 말은 잊혀 지게 되었지만, 늘그막에 이르러 살아온 길을 회고해보니 인생을 즐기지도 못한 채 황혼 길에 접어든 자신이 퍽이나 서러운 때도 종종 있다. 이러한 관념이 우리에게 잠재해 온 배경을 나는 우리의 국토환경 때문이라고 생각한다. 좁은 땅에서 많은 인구가 살다보니 경쟁력이 심하고, 그 안에서 살아남으려다 보니 자연 부지런하게 살지 않으면 살아남을 수 없다는 강박관념이 우리를 내리 눌러 왔기 때문이다. 요즘은 장사하는 사람들조차도 새벽에 문을 여는 곳이 거의 없다. 우리 어머니는 초라한 조그만 문방구를 하면서도 새벽 5시면 문을 열어놓으셨다. 그런 어머니를 보면서 어린 내 눈에는 "왜 저리 잠도 못 주무시면서 사람도 안 오는데

문을 일찍 여실까?" 하는 안쓰러움이 자못 들 곤했던 기억이 생생하다. 그래서 그런지 나의 인생철학은 "모든 걸 천천히 하자"이다. 밥을 먹는 것도, 걷는 것도, 생각하는 것도, 대화하는 것도…… 그렇다고 논문 써달라고 해서 늦은 적은 없다. 소위 "논문 부도(不渡)"는 안 냈다는 것이다. 나는 "천천히"라는 말을 "꾸준하게 주의를 관조하면서 충분한 자신의 역량을 종합하여 결과를 내 놓는다"는 의미로 받아들이고 있다.

중국인들은 우리보다 훨씬 못산다. G2(경제적인 면에서 세계 2위권 안의 국가를 말함)국가라고 자못 으스대지만, 국민 개개인의 생활은 아직도 너무나 한심하다. 그러나 그들에게서 "가난하다" "못산다" "빨리하자"…… 등의 말은 듣지를 못했다. 그들은 언제나 최소한 100년 앞을 내다보는 원대한 계획('계획'이라는 말보다는 '꿈'이라는 게 맞다)으로 자신들의 앞날을 설계한다. 요즘은 고속철도가 많이 놓여져 예전에는 베이징에서 하얼빈까지 기차로 이틀이나 걸렸지만, 이제는 5시간 이면 갈 수 있게 되었다. 재미있는 것은 목소리 큰 중국인들의 열차 안에서 들려오는 전화하는 목소리에서 그들의 시간관념을 엿볼 수 있다는 것이다.

"아 금방 가니까 기다려 여보! 이제 3시간만 타면 돼!"

이 말을 들으며 나는 실소를 금치 못했다. 한국 사람은 3시간이라면 갈 엄두도 못 내는데, 중국 사람은 마치 다 왔다고 생각하기 때문이다. 이런 관념은 아마도 드넓은 땅덩어리 속에서 살아오면서 태동되었을 성 싶다. 이런 점에서 나는 중국인의 무서운 점을 느낀다. 시간에 구애받지 않고 자신의 욕망과 분노를 감추며 서서히 성공을 향한 칼을 갈면서 자신의 길을 가기 때문이다.

요즘 중국 국가주석 시진핑(習近平)의 행보에 비판의 함성이 여기저기서 들린다, 너무 샴페인을 일찍 터뜨려 미국의 견제를 받고 있기 때문이다. 그의 이러한 행보는 분명 중국인다운 행동은 아니다. 그래서 "빠르다"는 것은 "천천히"에게 지게 되는 것이다.

아편전쟁 이래 제국주의 강대국들은 100년 동안이나 중국을 지배하면서 모든 것을 앗아갔다. 그러나 결국은 "천천히" 대항해오는 중국인들 앞에다 그들은 빼앗았던 모든 것을 토해놓고 떠나야 했던 역사 속에서 중국인들의 "느림의 미학"을 엿볼 수 있을 것이다.

부동산·도박·주식 등도 "빠름"에서 오는 착시현상에서 비롯된 형상이다. 신은 "양 손에 두 개의 떡을 주지 않는다"고 하는 말이 있지 않은가! 나쁜 짓을 하면 그만한 대가를 치르게 마련이고, 선행을 하면 그만한 보답이 돌아온다는 것을 인지하고, 우리는 어떤 일을 하기 전에 미리 조사하고 생각하면서 일의 성공을 위해 준비해야 하는 "느림의 미학"을 가질 필요가 있는 것이다.

김성수 시인의 시에는 그런 "느림의 미학"이 있다. 즉 일상 속에서 여유로움을 가지려는 느긋함, 자신이나 남을 원망하지 않으려는 자제심, 고향에 대한 애틋함을 그려내어 공감각적인 향수를 불러일으키게 하는 순수함, 때로는 그러지 말았으면 하는 안타까움을 자아내게 하는 천진스러움 등이 그것이다.

그렇다고 그가 세상을 등지고 사는 것은 아니다. 돌아가는 세상사는 누구보다 잘 헤아리고 있다. 그러한 분석력, 이해력, 비판력 등이 있기에 그의 시가 있는 것이고, 속세를 이탈한 듯한 처연함이 내재되어 있는 것이다. 그러기에 이역의 열차 안에서 들려오는 "까똑" 소리가 반가웠느지도 모른다.

그러다 보니 자연히 나만 그의 시를 음미해서는 안 되겠다는 생각이 들었다. 그래서 나와 친분이 있는 문학계 인사에게 추천을 부탁하게 된 것이고, 그들 심사위원들의 만장일치 동의하에 시인으로 등단하게 된 것이며, 얼른 시집을 출간하여 모든 사람에게 그의 "느림의 미학"을 공감하도록 해야겠다는 마음에서 죽마고우들의 응원 하에 이 시집을 내게 된 것이다.

　부디 이 시집을 읽는 모든 사람이 그의 "느림의 미학"을 공감하고, 앞으로의 여생을 마무리하는데 여유를 갖는 삶을 찾기를 바라는 마음 간절하다.

2019년 1월 20일
동창 김승일

추천의 글 1

김성수 시인의 참한 마음과 올곧은 정신이
그를 멋진 시인이 되게 했으리라 믿는다.
깊은 골짝으로 졸졸졸 흐르는 맑은 물소리처럼
평화롭게 노래하는 정겨운 시를 쓰는 시인이다.
독자의 고개를 끄덕이게 하고 미소 짓게 하는 시인.
쉽고 아름다운 이야기로 우리를 행복하게 해준다.

시인 허홍구

김성수 시인의 20대 같은 정열적인 마음과 의협심 강한 성품은 시간이 지날수록 인간관계에서 진실함을 느끼게 한다.

잔잔한 일상의 삶을 글로 쓰며, 마음 깊은 곳 내면의 문을 열어 이제야 만개한 꽃망울을 터트리어 중년의 삶을 표현하시는 시인이기에 마음으로 박수를 보낸다.

시인 박득희

추천의 글 3

이 세상에 태어나 해야 할 일이 많지만, 최종적으로 집을 한 채 짓고, 책을 한 권 쓰면 완성된 삶을 살았다는 말이 있다. 김성수 시인은 만고풍상(萬古風霜)을 겪은 삶의 과정에서 축적된 상처를 아름다운 글로 꽃을 피우고, 자신의 아픔을 긍정의 힘으로 표현하는 필치(筆致)로, 보는 이로 하여금 힘이 되어주는 시인이다.

최첨단 시대를 살아가는 독자들에게 과거 아름다운 시절로 되돌아가는 향수를 일깨워 주므로, 이 시대를 살아가는데 꼭 필요한 시인의 시집 출간에 찬사를 보낸다. 풀숲을 한 번 가면 길이 생기듯 두 번, 세 번 여러 권의 좋은 책이 발간되기를 기대해본다.

동시대를 살아가는 시인 유봉수

CONTENTS

너가 나 이길

아내와 연애하던 고교시절

너가 나이길 내가 너이길

바램하는 마음은

처음부터 사랑이었습니다.

그러나 지금 내 눈 입 머리에서

멀리 가장 즐거웠던 시간을 가지고

너는 멀리 가고

바람은 일고…….

흩어져 남은 공간의 흐느낌 속에서

별의 부름과 그 부르는 소리만으로

바다의 뽀오얀 백사장처럼

외로움이 있습니다.

석수장이

사회 첫발을 디디면서

너는 젊은 석수장이

지혜로운 끌과 의지의 망치로써

무력 없는 건설을 하라.

푸른 초목의 녹음을 보고

세월의 맥박을 음미하라.

짧은 시간의 명상이 좋은 석상(石像)을 이끌어준다.

부서져 내리는 쇄석을…,

값진 시간이어라! 여겨라!

네가 훌륭한 석수장이라면

이미 결정하여 버린 일생의 거석을 갈고 닦아라.

더위

사우디 건설 현장에서

숨 막히는 열기 속에 턱까지 오른
까무잡잡한 내 피부가 파르라니 경련한다.
어수선한 외국의 빌딩 숲을
승용차 타고 마구 달려도
땅바닥에 주저앉아도
보이는 것은 희뿌연 모래바람뿐
'제기랄! 씨부랄 것!'
삶으려면 삶으라지.
적어도 내 젊은 산업전사는 무턱대고
지리한 한줄금 장마만을 생각지 않으련다.

산행

저기 산이 있어 산을 오르고 나니
더 큰 산이 내게 다가와
그 자리에 얼어붙고는
어찌할 수 없어 머뭇거리다가
산허리를 돌아 오솔길로 접어들고 보니
어느덧 해는 서산 낙조(落照)지고
그 노을을 멍하니 바라보고 있노라니
나도 모르게 주르르 흐르는 눈물은
인생에 색 바랜 가을인가 봅니다.

아침

어둠이 걷히는 순간에 새악시 볼 같은 아침햇살을
맞으며 매일같이 동네 어귀를 산책한다.
아기자기한 생각들을 꺼내어 놓고
모래성 집짓기를 하며 걷는다.
요즈음 나는 자식들에게 부각된 것 같아
덩달아 달콤한 대화로 스킨십을 하여 본다.
앞서거니 뒤서거니 저 만치 달아나는
봄을 물끄러미 바라본다.
무르익은 내 인생에 가족들이 포만감을 주어 그들의
풍요로운 정원을 가꾸어 나가기에 나는 배가 부르다.
봄내음 나는 아침에 산책 나온 사람들이 많아졌다.
이제 집에 가야겠다.
아내가 깨기 전 내가 먼저 기분 좋게 샤워하고
센터에 갈 준비를 해야겠다.
정신적 배움과 경험이 박약한 이들을 위하여
그들이 믿고 사랑할 수 있는 촛불이 되고 싶다.

아! 아침이 시작되는구나!

치열한 삶을 살아내면 보람과 달콤한 휴식이 온다는 것을
믿고 오늘도 파이팅을 외치기로 한다.

산책 1

어둠이 채 가시기도 전에 비봉산 절에 올랐다.
스님께서 부처님께 불공을 드리는 시간에
나는 절터 안에서 서성이다가 약수터로 향하였다.
인적이 드문 산자락에서 불현듯 나는
허전함과 외로움에 마주섰다.

다시 절 안에 들어서니 스님께서 참선(參禪)하고 계셨다.
기다리기에 지쳐 나도 부처님께
불전(佛錢)을 드리고 절을 올렸다.
부처님은 자비로우신데 번뇌에
굴레에서 벗어나지 못하고
속세에 머무른다는 것이 어쩌면
용기가 없기 때문인지 모르겠다.
하지만 주어진 삶 속에서
잘 다듬어지지 않은 나의 인생을 가려고 한다.

어린 시절을 회상하며

　오늘은 6월 17일 장날이다. 어릴적 나는 엄마 손을 잡고 장에 나왔다. 살 물건은 별로 없지만, 이웃집 아낙네들이 장에 나가기 때문에 울 엄마도 기죽지 않으려고 장에 나온 것이다. 아침밥으로 멀건 아욱죽을 먹고, 엄마를 따라나선 나의 뱃속은 덜컹거리는 마차바퀴 소리만 요동쳤다.

　장터에 호떡장수 앞에 선 내 눈은 먹음직스런 호떡에 꽂혔다. 엄마가 손을 잡아끄는데도 그냥 버텼다. 마침 옆에 서 있던 할머니가 건네준 호떡 하나를 뜨거운 것도 모르고 허겁지겁 먹던 내 모습에 엄마 얼굴이 벌겋게 달아오른 이유를 그때는 몰랐다.

　장마당이 미처 파하지도 않은 시간에 집으로 돌아가는 한적한 오솔길에서 "너는 거지가 아니야."라고 타이르시던 엄마는 그 후 형편이 나아진 초등학교 5학년이 되도록 다시는 장에 데리고 가지 않았다. 만일 다시 장날이 오더라도 호떡집을 그냥 지나칠 것이란 생각을 하여 본다.

봄 여름 가을 겨울

저만치 물러선 추위에 불규칙한 기온이
내 마음속에 들어와 앉는다.
모내기를 하느라 바쁜 농부들 사이로
새참을 열심히 준비하는 아낙네 등허리에
고히 잠든 아기의 숨소리가 너무도 순수하다.
서리가 내리기 전,
가을걷이에 일손이 부족하여
타지에 사는 자식들을 불러 모으고
얼마 되지 않는 다랭이논 알곡을
자식들에게 나누어 주기 위해
애쓰는 부모의 얼굴에 그리움이 번진다.

어느덧 아랫목이 그리워지고
내년 봄 아지랑이 피어오를 때를 생각하며
길고 긴 겨울에 몸과 마음을 추스르는
80세 넘은 노부부 모습에서 애처로움을 느낀다.

울리 불리

내 안에는 두 가지 모습이 있다.
마음은 부처같이 살고 싶지만
남에게 보이지 않게 피해를 준 적도 있고
또 좌절한 적도 있다.

태어났을 때는 커다란 꿈을 지녔지만
많은 세월이 지나 내 자신은
너무도 협소(狹小)하여 졌으며
그동안 삶도 울리불리 * 로 이 지점까지 왔다.
하지만 남은 생애에는 모든 이들을 배려하고
보탬이 되는 사람으로 살고 싶다.
잘될까 모르지만 나는
오늘도 울리불리하게 살아가고 있다.

* 울리불리: 왔다 갔다의 의미로 사용.

신호등

깜박깜박

별이 지려는 움직임입니다.

깜박깜박

마—악 아침이 오려고 합니다.

깜박깜박

옛 추억들이 사라지려는 움직임입니다.

깜박깜박

내 인생의 힘든 시기이기도 합니다.

깜박깜박

또 다른 삶이 잉태되려는 순간이기도 합니다.

단비

헐떡이던 대지를 흠뻑 적시운다.

아래는 순이네가 물꼬를 몰래 열다가

싸움하던 소리도 잠들고

온 들판에는 개구리 합창소리가 춤을 춘다.

아!-

이제는 모처럼

풍성한 긴 여름이 시작되는가 보다.

장마

하늘이 울먹인다.
금방이라도 퍼부을 것 같다.
하늘이 좁은 창으로
햇볕이 드문드문 비추기에
가슴을 쓸어내린다.

하늘이 또 울먹인다.
장마다.
우산을 받쳐 든 사람들이 분주하다.
단비가 장맛비로 바뀌고 보니
농부들이 발을 동동거린다.

살아가면서 삶이 그때그때 바뀌는 번거로움으로
지난날들의 아쉬움과 연민이 남아 있지만
오늘도 현실을 직시하며 살아가고 있다.

나

나 자신을 찾고 싶다.
현실 속의 내 마음을 모르기에
나 자신을 찾고만 싶다.

마음이 곱지 못하기에
아름답고 싶다.
사내답지 못하기에
참된 사람이 되고 싶다.

인생에 반환점을 돌았기에
세월을 비켜가려고 애를 쓴다.
내 안에 나 자신을 모르기에
오늘도 가만히 눈을 감고 숨을 고른다.

첫눈

간밤에 쌀가루가
온천지에 뿌려졌습니다.
백설기를 해 먹을까 망설이다가
새하얀 이불로 덮기로 했습니다.

아침 산책길에서
남이 밟지 않는 눈밭을
사각사각 소리 내어 걸었습니다.
우리들 모두는 부자입니다.
쌀가루와 포근한 이불을
가졌으니까요.

가을 길

내 마음의 꽃망울을 터뜨리려 한다.
전에는 이해가 가지 않고 용서가 되지 않았던 것들도
잔잔한 호수처럼 되어버린다.
온힘을 다하여 에너지를 집중시켜
파도치는 정열적인 삶을 살고 싶다.
주위에 어려움을 견뎌내고
그냥 세월에 안주하여 버리고 싶지 않다.
일어서련다! 떠나련다!
모든 악조건들을 물리치고
나의 노래 나의 시를 읊조리며
코스모스 피어 있는 좁다한 가을 길을 가고 싶다.

오늘 그리고 내일

아침에 잔뜩 흐린 하늘을 보았다.
듬성듬성 모자이크되어 있는 구름 사이로
해가 떠오를까 덧셈하는 동안
쳇바퀴 돌듯 센터 * 와 집을 오고간
시간들이 2년을 넘기었다.
그동안 스쳐간 사람들이 여럿 되지만
내 눈에 익숙해져 있는 사람도 오늘을 같이 한다.

센터로 가는 아침 길목에서 매일같이 스치는
시장 노점 사람들을 바라보고 있노라면
나도 생동감을 느낀다.
오늘 하루도 환우들보다는 많은 세월을 살았지만
열정적인 사고와 행동으로 살아내고 싶다.

아! 빨리 집에 가야지.
비가 올 것만 같다.

인내

무엇을 알고
웃음 짓는가.
무지한 환상만이 반겨주는데
나를 울게 하고 가버린
아찔한 정의 울림 속에서
싸늘한 환영으로
조용한 흥분이 흐른다.
안으로만 고개 내민
잔잔한 영원으로
바위의 인내를 기억하리라

허수아비

아내의 척박한 땅에 허수아비이고 싶다.
딸 부부와 손녀에게 기억되는 허수아비이고 싶다.
아들 부부와 손녀들에게 내어줄 수 있는
허수아비이고 싶다.

그들이 염려하는 나는 똘방똘방 * 거리고 싶다.
가끔은 그들이 가꾸는 풍요로운 들녘에
내 양팔에 앉아 쉴 수 있는
허수아비이고 싶다.

* 똘방똘방: 야무지고 똑똑하게.

나의 딸

모든 사람에게 너그러운
당신은
나의 바램이었습니다.

애처로운
당신은
나의 상처였기도 합니다.

분주한 삶을 살고 있는
당신은
나의 젊은 날이었기도 합니다.

이제 원만해진
우리는
행복합니다.

산책 2

새벽 어둠을 가르며 비봉산 자락 절에서 들려오는 종소리에 나를 불러 세우고 스님의 목탁소리에 귀를 기울이고 주마등처럼 스치는 나의 지난 행적들을 손꼽아 셈해본다. 어느덧 중년이 된 과년한 자식들에 적지 않게 눈치를 보아야할 나이가 되었다. 나이 먹어가는 것이 그리 싫지만 않음은 자식들이 대견하여 밥을 먹지 않고도 배를 쑥 내밀 수 있기 때문이다. 매일 인적 없는 새벽 공기를 가르는 자신과 마주선 나는 행복한 남편이고 아버지며 할아버지라는 평범한 삶속에 오늘도 충실하게 살 것이며 아름다운 황혼의 노을을 맞을 것이다. 아! 걸어야지. 동이 트이기 전 내가 돌던 산책 코스를 완주하려니 서둘러 가던 걸음을 재촉해야겠다.

가을비

가을비 듣는 소리가
코스모스 피어 있는
가을 길을 재촉한다.

주르룩 내리는 빗줄기가
온통 들녘을 적신다.

반듯하게 누운 정수리에
떨어지는 낙수소리가
새벽 산책길의 발목을 잡는다.

점점 또렷해지는 정신만이
눈을 말똥말똥거리게 한다.

후덥지근함을 잠재울
가을비가 눈앞에 와
마구 퍼붓는다.

일상

칠흑 같은 까만 밤을 멀리 하고
하얀 아침을 맞이하고 싶습니다.

멀리서 들리는 사람들의
재잘거림을 뒤로 하고
가파른 숨소리를 고르고 싶습니다.

당신이 바지런을 떨기에
덩달아 열심히 삽니다.

다가올 미래의 염려일랑 물리치고
결승점을 향해 최선을 다하기로 합시다.

내게 귀중한 당신에게
두 손 모아 드리겠습니다.

옛 동무

까치노을이 붉게 물든 저녁하늘에
옛 동무들이 생각나 마음을 담아 펼치고 보면
더하지도 빼지도 않은 그리움이 번진다.

언제부터인가 가는 시간이 아쉬워 서로 모여 마주하면
아직도 고무줄 구슬 치기하던
코흘리개로 돌아가 이야기하곤 한다.

그때는 왜 지금같이 서로에게 너그럽지 못했을까?

이제는 주어진 시간 속에
좋은 친구로 남기로 해요.

아기주먹

처마 끝에 주렁주렁
내 마음을 달아본다.
흩어진 생각들을 모아
빨랫줄에 달아본다.

머릿속에 오고간
흔적은 많은데
잡히는 것은 아기 주먹
만큼이다.

비가 오려는 날
부침개나 부쳐
나누어 먹고 싶다.

하늘

간밤이 길어 후드득거리던
빗줄기를 일시 잠재우고
청명한 하늘이 되었습니다.

잠에서 깨어 몸과 마음을
추스르는 동안
참새들은 아침 식사를
찾노라 분주합니다.

가을

새벽이 오는 소리에
풀벌레 소리가
점점 더 내 귓전을 두드릴 때쯤
잠에서 깨어났다.

더위에 몸서리 친 흔적들이
여기저기 널브러져 있는데
높은 하늘에 고추잠자리
자주 마주치네.

가슴을 열고

간밤 잠자리가 시원찮아 허공에 손짓하다가
이른 새벽 당신을 똑똑 깨우고 싶습니다.
잘 정돈된 당신의 마음을 열어
사랑을 나누고 싶습니다.

내가 살아온 길과 당신이 살아온 길이 다르다 해도
우린 서로 관심을 갖고 서로를 탐색합니다.
우리가 좋은 인연으로 살아가기 위해
서로를 배려하고 진심을 이야기합시다.

하늘처럼

그저 하늘처럼 맑은 모습으로
화려하지도 않고 초라하지도 않은
하늘을 닮은 당신의 모습
그런 당신을 닮고 싶은 나

눈에 보이는 행복보다 보이지 않는 마음이
더 따뜻하여 더더욱 그리운 사람
그 사람이 오늘은
참 많이 보고 싶습니다.

간밤에 내리던 빗줄기

간밤에 내리던 빗줄기가 뜸해지고
부슬비가 대지를 적시고 나니
마치 풍년을 예견하는 것 같아
마음이 푸근하다.

우리 모두가 저마다 소유한 행복과
건강의 땅덩어리가 있다면
이제 곧 다가올 가을에는
반드시 풍년이 될 것이다.

그대

그대 멀리서 돌아 이 자리에 왔건만
정작 있어야할 그대는 기다리지 않고
그곳으로 간 지금 멀리서 바라본다.

이곳에 머물 새도 없이 뒤로 하고
그대가 있을 시간만큼만 같이 하려니
오랜 시간 동안 그리워한
내 마음을 내치지 말아주오.

사랑합니다.

사랑

그대를 향한 한 번의 움직임도
하고 싶지 않습니다.
그대를 바라본 한 번의 눈빛도
주고 싶지 않습니다.

그대가 내게 준 사랑은 많지만
빙산의 일각인 내게
잘못한 것만 생각해냅니다.

구태여 그대를 떠올리지 않겠습니다.
그것은 오랜 시간
내 아름다운 아픔이기도 하니까요.

비가 온다

비가 온다.
일찍이 일어나 먼 길을 떠나려 하는데
빗줄기가 멈추지 않는다.
부랄친구들이랑 구슬치기하고
놀고 싶은데 질퍽거린다.
내 여자 친구 순이가 눈길 한번
주지 않고 집에 가버렸는데
남의 속도 모르고 비가 온다.
친구 녀석들은 내게
옹졸한 사내라 손가락질한다.

아!
언제 비가 멈출꼬?
친구들이랑 사이좋게 뛰놀아야 하는데…….

이른 새벽

귀뚤귀뚤 귀뚜라미 소리가 점점 내 귀전을 스치고
살랑살랑 간간이 스치는 가을 초입의 냄새가
지리했던 지난 장마를 잊게 하고
벌써부터 한해를 보내려고 재촉하네.
남들이 나를 묻거들랑 그냥 그렇게 살았다고 말해주오.
친한 벗들이 나를 찾거들랑 먼 길을 돌아돌아
이곳에 와 있다고 전해주오.
이룬 것이 적으나 할 말과 이유가 많지만
무거운 겉치레일랑 버리고 주변정리를 해가며
살아가고 싶소.
주어진 시간에 우리 항상 최선을 다하며 살기로 해요.

거울

너에게 투영된 내 모습은 할아버지가 되었고
얼마 전까지만 해도 젊은 여인들만 보면
기분 좋아지던 순간들을 뒤로 하고
나에게 투영된 내 모습은
꿈을 잃어가는 노인이 되어가고 있다.
아침마다 거울 앞에선 나는
몸과 마음이 곱게 나이 먹어 가려고 애를 쓴다.

망부석

그대가 바라보는 것을 보려고 애를 쓴다.
그대가 말하는 것만 들으려고 애를 쓴다.
언제부터인가 온전히 그대를 향해
눈을 감고 입을 닫아버린 지금에
타인을 바라보고 그들과 히히덕거리지
못하는 나는 그만 망부석이 된다.

아내 1

변덕스러운 날씨에 우산을 챙겼다가
그만 두었다를 반복했던 요즈음에
청명한 가을 하늘을 생각해낸다.

젊은 무렵 흥망이 있었던 시절에
운명을 잘도 비켜냈던 것은
내가 운이 좋아서가 아니라
기나긴 세월 나에게 헌신적이었던
아내가 있었기 때문이다.

오늘은 그녀에게 오래 숨겨두었던
깊은 사랑을 이야기하려 한다.

그 시절

아침 산책길에 나섰다. 중간쯤 가다가 꾀가 나서
24시 편의점 간이의자에 앉아 아이스커피 한잔을 마신다.
무엇보다도 시원했던 구석이 없었던 나의 삶에서
그래도 오늘 이 순간이 허락된 것에 감사할 따름이다.
나는 자리를 옮겨 우리들이 다녔던
안성국민학교 벤치에 앉았다.
운동 잘했던 친구들, 또 공부를 잘했던 친구들이
현재는 삶에 대한 높낮이가 있겠지만
그래도 저마다 둥지를 틀어서 잘들 살아가고 있다.
6학년 교실에 가 보았다. 복도 유리창 넘어
교실을 들여다보니
앙증맞은 책상과 걸상은 그대로인데
겨울이면 조개탄 난로 위 도시락을 겹겹이 쌓아 올려놓고
공부하다가 점심 먹을 시간이 오기를 기다리던
정감어린 시절이 거기에 있었다.

어느 가을 길

아침 산책길에서 보이는 하늘과 맞닿은
비봉산 허리에 붉은 해가 불끈 솟는다.
길가에 주차된 찻바퀴 사이로 오가는
주인 없는 고양이들이
너무 많아졌다고 느낀다.
산채길 따라 늘어선 단풍나무 사이로
까치와 참새들이 아침을 맞느라 분주하다.
바람 불어 낙엽 지는 가을이 오면
청소부 아저씨들의 빗자루에 쓸려나가는
가을 냄새가 너무 좋아
나는 이 길을 더욱 사랑하며 거닐 것이다.

앞으로 가라하네

절름절름 걸어왔네
뚜벅뚜벅 뛰어
가라하네.

두리번두리번
살피며 왔네.
먼 산 보고 앞으로
가라하네.

아픔 그리고 미안함

까만 밤을 만지작거리다가 그만 뜬눈으로
아침을 맞이한다.
어제보다 오늘이 다를까 지난날들을 뒤적거려보아도
매일같이 아침 산책과 커피 한잔을 한다.
낮에는 센터에 나가 마음이 아픈 사람들에게
서예와 바둑을 가르친다.
나도 한때는 살기가 어려워 마음이 아픈 시절이 있었기에
더욱 그들에게 애착을 갖는다.
세상 누구도 자기가 살아온 길에서
아픈 기억이 하나쯤은 있을 것이리라.

나는 요즈음 가슴이 저려온다.
아내가 무릎 연골시술을 했는데 아프다고 한다.
우린 중학교 2학년 때부터 알고 지낸 천생연분이지만
경제적으로 유능하지 못한 나를 만난 것에 대하여
미안한 생각에 땅속으로 들어가고 싶다.

방랑자

이제는 훨훨 날아
오르고 싶다.
자질구레한 지난날의 고통에서 벗어나
유희를 즐기며 이곳
저곳을 넘나드는
방랑자로 살고 싶다.
벗들에게 사랑받고
가족에게 인정받는
앙증맞은 불량자로
살아가고 싶다.
그렇게 하고 싶었던
글도 많이 쓰고
좋은 벗들과 어울리며 암울했던
지난 고통을 치유하며 유희를
즐기며 남은 인생을
살아가고 싶다.

비 오는 새벽

하늘이 뚫린 사이로
비가 내리고 있다.
아직 새벽이 오려면
얼마간 남았는데 잠에서 깬
나는 아내에게 방해될까봐
거실에 나와 식탁에 앉는다.
창문을 통해 까만 하늘을 안아보려고
두 팔을 벌렸다.
어제도 오늘도 매일
맞이하는 새벽이지만
비가 와서 산책을 나갈 수 없기에
똥마려운 강아지처럼
서성거려본다.
에잇!
샤워나 조용조용히 해야지.
고생해온 아내에게
배려하며 살아야지.

독백

꿈속에서 내 마음을 높이 솟아 올린

그리움은 언제 꾸어도 좋은데

한낮에 오고간 내 발길은 그리 가볍지만 않다.

마음이 외로워 이 사람 저 사람 가리지 않고

지내온 길과 살아갈 이야기에 대해 말하고 싶지만

푼수이고 허세일 것 같아

오늘도 아침 산책길에서

독백을 하며 걸어본다.

도마뱀

가로등이 자동으로 켜질 시간에
비봉산 허리로 붉은 기운을 뻗어 해가 솟으려 한다 .
길가에 주차해놓은 차위에 내린 이슬이 차갑게 느껴져
옷을 너무 얇게 입고 산책 나온 것을 후회한다.

점점 하늘로 치솟아 높아지는 건물 사이로
하늘과 땅을 오가는 참새들이 힘겨워 보인다.
도마뱀이 위기 때마다 제 꼬랑지를 잘라버리듯이
나도 어릴 적부터 가꿔온 꿈의 크기를 자르고
인생 말년에 하고 싶었던 글쟁이로
살아갈 수 있다는 것이
얼마나 행복한지 밥을 먹지 않아도 배부르며
아내의 잔소리도 정겹게 들린다.

겨울

스산한 바람이 내 귓전을 스치고 나면
지난 여름의 더위보다는 코앞에 다가올
겨울이 너무도 선명하여 몸서리친다.

육십이 훨씬 넘은 우리에게 돈에 대한
집착도 권력도 모두 희석되는 마당에
구태여 애써서 편을 갈라보려 하는가?

그저 초교 친구들은 서로 배려와 염려해주면서 살면
우리에 정서는 풍요로울 텐데 하는 생각을 한다
삶의 전선 어디에서도 보람과 자부심으로 살아가고
있는 친구들을 소리 없이 응원하며
추워질 겨울에 건강들 조심하시게.

아침 산책길에서.

행복의 순간

아침 산책길을 나섰다. 장례식장 성혜원을 지날 때쯤, 비봉
산 자락 절에서 들리는 타종소리와 목탁소리가 너무 해맑아
불현듯 불전(佛錢)을 드려보고 싶다는 생각이 들었다. 내 앞
에 플래시를 켜고 가는 젊은 여자들 둘을 만났다.

"산에 들 가시나요?"

"그래요~"

"이렇게 어두운데요?"

"산에 가면 사람들이 장날 같은데요~"

"어디까지들 가시는데요?"

"사격장까지요~"

"아저씨는 어디까지 가는데요?"

"저는 스님의 목탁소리 따라 절까지만 갑니다."

"좋은 하루 되세요."

"네, 역시 좋은 하루 되세요~"

나는 그 처자들을 앞서 보내고 산책하는 걸음 속도로 목탁 소리에 이끌려 산으로 향하였다. 절에 와 앉았을 때는 아직도 어둠에 고요함이 감돌았다. 이제 내 나이 봄 여름 가을 겨울 중 가을에 접어들었는데, '인생을 매듭지어 놓은 것은 그리 없고 가는 세월이 빠르구나.'하는 생각이 든다.

사람은 과거를 밑거름으로 삼되 집착해서는 안 되며, 다가올 미래도 너무 염려하며 살 필요는 없다고 생각한다. 오늘 이 시점에 카톡에 글을 써보는 순간이 축복이며 행복인 것이 아니겠는가?

작은 몸짓에도 감동하며 커다란 일에도 당황하지 않는 내가 되어 살고 싶다. 어둠이 지워지니 내려가서 아이스커피나 한 잔 해야겠다.

안성 장날 2일, 7일

지금 시각 아침 6시.
오늘은 산책길에 나서지 않고 시내 장터로 나왔다
여기 저기 좌판을 벌리는데 일찍 나온
손님들이 더러 있다.
거봉포도 3근에 5,000원~
얼가리 배추 1단에 3000원 2단에 5,000원~
큰 새우 30마리에 10,000원~

할머니 한 분이 오시더니
난전 가게 앞에 서서 흥정을 한다.
"몸빼 바지 요즈음 어떤 색깔이 잘 나가요?"
"빨간 꽃에 파란색요."
"한 장에 얼마요?"
"5,000원요."
"나 시골서 왔는데 며느리 주게 2장에
9,000원에 주시오."
"에이, 개시니까 마수거리로 가져가슈."

서서 흥정하는 것을 바라보는 동안 날이 밝아온다.

빨리 서둘러 집에 가야지.

오늘은 딸 만나러 가는 날~

아산에 사는 딸을 만나 점심이랑 차도 얻어 마셔야지.

서로 사랑한다

사랑한다,
말만하지 말아요.
존경한다,
말만하지 말아요.
먼 후일
다 알아 버릴 것을
우리는 눈만 가리고
말만 합니다.
험한 삶들 속에서
우리 친구들은
사랑하고
서로를 존경합시다.
그러면
우리 모두 행복할 텐데.

바닷가

바닷바람에 산산이 부서지는 물결 따라
삼삼오오 모여 낚시를 한다.
고기를 낚은 사람은 하나도 없는데
정신 집중하여 미끼를 갈아 끼운다.

물결 너울에 눈이 아롱거려
멀리 수평선을 바라보는데
통통배 한 척이 지나간다.

낚시하는 사람들을 실은 배 같다.
다음에 오면 낚시를 잘할 줄 모르지만
짜릿한 손맛 한번 보고 싶다.

반찬 봉사

오늘은 아산 사는 딸집에 반찬을 갖다 주러 가는 날이다.

맞벌이를 하기에 시간에 쫓기는 딸이 안타까워

아내는 만들고 나는 배달을 한다.

자식이 무언지 결혼시키면 모든 걱정이

다 끝날 줄 알았는데

부모는 자식을 가슴에 묻고 사는 것 같다.

하지만 과거 부모들처럼 무조건 자식 타령이 아니라

우리 부부의 삶을 존중하여 살아야 할 것 같다.

딸과 단둘이 만나 맛집에 점심과

카페에서 커피 데이트는 참으로 좋은 것 같다.

오늘은 눈이 와서 힘들겠지만

조심해서 갔다가 와야지……

겨울비

오늘 아침은 지난밤에 겨울 비가 내린 후인데도 날씨가 포근하다. 산책하는 중에도 몇 번이고 두리번거려도 춥지 않아서 그런지 사람이 제법 많이 나와 걷는다. 지난 풍요로운 가을을 생각해 낸다. 잘 여문 오곡백과의 향기가 풍겨오는 것만 같다. 전에는 이해가 가지 않고 용서가 되지 않았던 일도 잔잔한 호수처럼 되어 버린다. 온힘을 다하여 에너지를 집중시켜 파도치는 정열적인 삶을 가지고 싶다. 주위에 어려움을 물리치고 그냥 세월에 안주하여 버리고 싶지 않다. 일어서련다. 떠나련다. 나의 노래 나의 시를 읊조리며 코스모스 피어있는 좁다란 가을 길을 걷고 싶다.

바램

별빛 없는 어두운 하늘에 아침이 드리워질 시간이다.
특별한 기쁨이 없는 지루한 요즈음
즐거운 일들과 생각들을 찾아낸다.
사람이 살아가면서 흥망성쇠와
희로애락이 없을 수 없지만
나이가 60세가 넘고 보니 남은 삶은 그저 모든 면에서
그 바램은 생각하기에 따라 생활이 바뀌는 것 같다.
하루하루를 알차고 보람되게 지내려면
계획하고 실천을 해야 한다고 생각한다.

세상은 아름답게

세상은 아름답고
하늘은 맑고
바람은 살랑살랑
불고 있네.
햇빛에 반짝이는 이슬
아름다운 꽃들이 푸르른
들판에 흔들리고 있네.
산과
    들과
        하늘에
너의 목소리는 아득하건만
어여쁜 너를 얼싸안고 싶어.

길목에 서서

봄이 오는 길목에 서서
한없이 기뻤습니다.

겹겹이 둘렀던 겨울옷을
벗어 버리고
진달래 피고
개나리 피는
오솔길을 생각해 내면
가는 시간을 잊은 채
마냥 즐겁습니다.

이제
봄이 지나 여름이 가고
가을도 지난 후
겨울이 오고
또 봄이 오겠지요.

그때도 지금처럼
봄이 오는 길목에 서서
한없이 기뻐할 것입니다.

아내와 연애하던 시절에

태양의 붉은 기운이 손을 내미는 시각에
나는 눈을 뜨고야 말았나 보오.
지난 밤이 너무 무더운 밤이라서
잠을 어떻게 이루어볼까 걱정했는데,
이리도 쉽게 많은 휴식을 취한 것 같아
내 마음은 가볍소.
주위가 맑은 상쾌한 아침으로만 여겨지는구려.
민아!
지금 이 순간에는
우리 다른 생각은 하지 말고
하던 일을 멈추고
잠시 귀를 기울여 여유를 보여 봅시다.
너
나

그리고 우리의 마음 한데 모아

어디로 여행이나 떠납시다.

첨벙!

침묵……

수욱……

파르륵……

따사로운 햇살 아래 잔잔한 수면을 깨고

고기를 낚는다.

잔잔한 수면을 깨고

아리따운 여인들이 머리를 감는다.

막걸리 먹고

막걸리 한 잔 걸치고 나면
엉덩이 처진 내 아내도
마를린 몬로 같네.
막걸리 두 잔 걸치고 나면
싫었던 사람도 정겨워 보이네.
막걸리 석 잔 걸치고 나면
서툴지만 시인이 되어
행복하네.

마음이 추워

양지바른 쪽에는 봄빛이 따사로운데
나는 옷을 넉넉히 입었는데도
마음이 추워서 춥기만 하다.

새털처럼

새털처럼 가볍게 내려와 앉는
봄을 보았네.

새털처럼 부드러운
봄의 촉감을 느껴 보았네.

새털처럼 포근한
봄 기운을 느꼈네.

조금 있으면 개나리꽃
진달래꽃 만발한 그 길을
아내와 연애하던 시절을 회상하며
손잡고 걸어야지.

다시 찾아오지 않을
시간들을 위해서.

기쁨을 맞으려는

별이 지고 해가 뜨는 것은
마음대로인데
고통을 보내고
기쁨 맞으려는 마음은
내 마음대로 되지 않는다.

잠결에

우리 모두 일어나
금 캐러 가세.
아픈 아낙도
나이 든 아저씨도
모두 부자 되게.

우리 모두 일어나
금 캐러 가세.

오늘은
산삼 캐러 가는 날
여러 뿌리 캐다가

아픈 아낙도
나이 든 아저씨도
나누어 주세.

금이랑 산삼을
캐러 가려면
단단히 준비하고
따라들 나서게.

내 고향

내 고향 저녁 하늘에
흰쌀밥 짓는 냄새로
동내 어귀에
아이들이 삼삼오오
모여 놀고 있네.
장에 가신 아버지를 기다려
저녁상에 올릴 꽁치를
기다리면서 신작로 저 끝
먼 곳을 바라본다.
아직 저녁밥 먹을 때가
안되었는데 배고픈 것은 아마도 사는데
걸신이 들렸나보다.

10월

해맑고 푸른
가을 하늘에
따스한 태양이 빛난다.
초가지붕에 가득 널린
빨간 고추.
이름 모를
작은 새들의 재잘거림에
이 저녁 가을 들녘에는
마르는 풀 냄새가 폴폴 날린다.
황금빛 들판을
어여쁜 누이로 삼고
이제 앞으로 있을
미래를 생각하며
골똘히 사색에 잠긴다.

봄비

새벽에 습관대로 산책을 나가려니
봄비가 오고 있다.

미세먼지를 잠재우고
촉촉이 땅을 적신다.

앞집 처마 끝에
낙수 지는 소리가
선명하다.

시간은 덧없이 흐르는데
젊은 사람처럼 마음은 그대로이다.

다시는 되돌릴 수 없는
이 순간들을
열심히 살아야지.

산책을 나갈 수 없으니
아내 곁에서 잠이나
더 청해야겠다.

그 언제 이려가

그 언제이려가?
화사한 들판에
팔베개하고
누워 있었던
전설을 사모하는
그 언제이려가?

푸른 동공은 하늘로
내닫고
빨간 고추잠자리
한가히 코스모스를
사모하는
그 언제이려가?

얼굴은 백합 빛

향기 만발하고

예쁘고 함초롬한

오래된 전설을

동경하며

오직 너가 나이고

내가 너이길 바라던

그 언제이련가?

너와나 갈림길에서

아쉬움을 두려워하는

밀어들의 조각.

조각들.

그 언제였던가?

개나리꽃

양지 바른 곳에
하나
둘
손을 내미는 개나리꽃

멀리서 보면
노란 물감 풀어 놓은 듯
완연한데

하나
둘
손을 내미는 개나리꽃

봄을 맞이하고
겨울을 보내려 한다.

봄이 무르익으면
꽃 한다발 꺾어
사랑하는 이에게
선물해야지……

개나리꽃이 피고 지는 것도 모르고
지나온 시절
살아왔던 것을 뒤로 하고

이제는
한해
한해
봄을 맞고 정성스럽게
보내야지……

친구

늘 남을 위해 배려할 줄 알고
늘 남을 위해 가진 것을 내어주는
정성어린 마음이
오랜 세월 동안 당신을 바라본
우리들은 진정한 동반자로 남고 싶습니다.
먼 후일 당신이 내게 가까이 있다면
그것은 나의 행운이라 말하겠습니다.

삽교천 호수

삽교천 호수 벤치에
앉고 보니
미풍에 불어오는 짠내음이
미각을 깨우고
주위를 맴도는 갈매기들은
평화롭기만 하다.
40여년 전 삽교천 방조제 설계팀에 근무하던
농업진흥공사 시절이 생각난다.
이제는 왕성하게 일하던 젊은 시절을
뒤로 하고 감회에 사로잡혀 보는 것도
그리 나쁘지 않은
추억이기도 하다.
앞으로 남은 생애를
짜임새 있게 열심히
살아야겠다.

미세먼지

파란 하늘을 찾지 못해
외출하기가 겁이 나는
요즈음에 뿌연 하늘만이
오가는 사람들을 마스크로
얼굴을 가리게 하여
누군지 모르게 한다.

하루가 멀다고
미세먼지 나쁨이라고
방송에서 나온다.

우리 어릴 때는 드높은
하늘과 멀리까지 볼 수 있는 시야에
서로 얼굴 보며 웃고
인사하던 시절이 있었다.

그 시절에는 미래에
대한 꿈도 맑은 하늘과
같았는데……

한없이 작아지는

글을 써보기 위해
새벽 일찍 깨어 책상에 앉아 본다.
낮에는 활동을 하기에 글을 쓸 수가 없어
가장 순백의 새벽에 내 마음을 열어 본다.

조용한 적막감 뒤에 오는 편안함이 있지만
어두움과 마주해 있는 지금에
나는 고독하단 생각을 한다.
아내 자식 손녀들 -
다 속에 꽉 차있는 것 같다.
하지만 글을 열심히 잘 쓰고 싶다는 생각에
앞으로 전진하지 못하는 나는
한없이 작아지는 듯하다.

좋은 시인이 되기 위해
한 줄 한 줄 힘을 실어 글을 쓰고 싶다.

마음대로

별이 지고 해가 뜨는 것은 마음대로인데
고통을 보내고 기쁨을 맞이하려는 것은
내 마음대로 되지 않는다.

따스한 봄날을 보내고
풍성한 여름을 맞는 것은 마음대로인데
지루한 장마를 보내기는 힘이 든다.

모든 것을 극복하고 자연스럽게 받아들이기 위해
오늘도 가만히 눈을 감고 숨을 고른다.

내 마음이

내 마음이 가고 싶다고
가는 것이 아니다.

내 마음이 오고 싶다고
오는 것도 아니다.

나의 지난 시절 온전히
살 수 없었던 것은
당신에 대한 그리움이기도 하다.

내 마음에 상처를 치유하고 온전히
살아갈 수 없었던 것은
당신이 내게 없기 때문이다.

오늘도 구체적으로

당신과 인연이 될 것이라는

확신이 없으면서도 늘 그리워하는 것은

나의 마음이기도 하다.

아내 2

까만 밤을 하얀 낮으로 지새워도
하나도 지루하지 않은 것은
당신이 내게 있기 때문입니다.

하얀 낮을 거침없이
잘 살아내는 것도
당신의 섬세함이
있기 때문입니다.

둘 중 누가 더 길은
손가락인지를 생각지 않고
오랜 시절 가슴에
묻어 두고 서로를
아끼며 살아온 지금 -

우린 산소처럼 너무
익숙하여 고마움을

모르고 살고 있는
것 같습니다

고맙습니다.
당신이 내 여인이라서

다행입니다.
내가 당신에 남자라서

먼 후일 소원하건데
우리에 영혼이 미풍에
흩날리며 사라질 때
세상을 당신과
잘 살아냈다고
말하고 싶습니다.

참새

하늘이 좁아
푸른 입술로
뽀르르
하루 반나절이 지난다.

머리 위에 이고 있던
전봇대 전깃줄 두 가닥은
아주 멀리까지 늘어져만 가고

그 위에 앉은 참새
두 마리는
자매일까?
사랑하는 사이일까?

덧셈해 보는 동안
와르르
많은 참새들이
몰려 왔다가 신작로
너머로 가버렸네.

오늘 산책길에서
참새들에게 내일 보자고
말도 못했는데

동구 밖으로 오는 동안
내 뒤통수에 대고
내일 또 나오라고
노래 하네.

5월이 오면

아카시아꽃 만발한
5월이 오면
흩날려 떨어지는 꽃비를
나는 기억할 것입니다.

푸른 녹음이 세상을
뒤덮는 5월이 오면
굶주려 키웠던 토끼들을
살찌울 것입니다.

사랑하는 님이
다시 찾아오고
불편했던 사람들이
대화로 서로 스킨십을 하는
5월 어느 날이 오면
나는 기나긴 겨울잠에서 깨어
희망을 노래하겠습니다.

유수와 같이 빨라지는
시간 속에서도
나는 하루하루를
잘 음미하고 곱씹어서
후회 없는 삶을
살 것입니다.

아카시아 꽃이 만발한
5월이 오면 내가 아는
모든 이들이 행복하고
건강했으면 좋겠습니다.

태안반도로 가는 길

만리포 해수욕장 천리포 수목원
빛 축제를 1박 2일로
아내 딸 외손녀와 같이 여행 하였다.
단출한 여행이었지만
나름대로 유익했던 것 같다.

백사장을 맨발로 걸어보니
모래알들이 너무 아파해서
걷지를 못 하겠다.

작년 여름에도 그 전에도 수많은
발자국이 모래를 밟았으니
모래가 몸살로 아파하는 것 같다.

다행히도 철썩이는 파도가 밀려와서
아픈 곳을 어루만져 주면
내가 밟았던 자욱도 지워진다.

수많은 사람들의 환호성과
모래사장을 난도질하는
소리가 들리는 듯하다.
그냥 지금처럼 해수욕장의 모래성이
펼쳐진 해안선을 너무 아름답게 느끼며
바라볼 수 있었으면 좋겠다.

때 이른 바닷가에 한산한 풍경은
수채화처럼 펼쳐진 하늘 아래
너무도 아름답다.

사람은 오래 살기를 원하지만
무엇보다 아프지 않고 건강하게
즐거운 마음으로 주어진 삶을 사는 게
중요하다는 생각이 든다.

우리에 인생이
봄 여름 가을 겨울이라면
깊어가는 가을 쯤 서 있는 지금 -

모든 것을 아우르는 너그러움을
배워야 할 것 같다.

누구나 한번 왔다가 가는 것
순간순간을 열심히
알차게 살아내야 할 것 같다.

맴도는 까닭은

내가 까만 밤에 깨어 서성이는 까닭은
아침이 쉽게 오리라는 예감 때문입니다.

내가 당신 곁을 맴도는 까닭은
따스한 눈길이 있기 때문입니다.

여름이 가고 또 가을과 겨울이 온다 해도
변함없는 것은 내가 살아있다는 것입니다.

내가 까만 밤을 좋아하는 까닭은
내 안을 잘 들여다볼 수 있기 때문입니다.

사랑하고 싶다

밤하늘의 별을 세어본다.

별 하나
나 하나
별 둘
나 둘

봄볕에 내 마음을
널어 말려본다.

내 마음 하나
네 마음 하나

봄내음 가득한 길을 걸으며
나는 겨울을 지우려 한다.

조용히 나의 여름을
맞고 싶은데
화려한 녹색이 앞서 나간다.

모든 것에 의미를 두고
사랑하고 싶다.

24시 불 밝힌 병동

아내의 인공관절 수술 차
경희대 의료원에 입원했다가 퇴원하는
마지막 전날 밤이다.
보조침대에서 쪽잠을 자고 일어났더니
시간이 새벽 2시다.
나는 부스스 눈을 떠 아내가 고이
자고 있는 것을 확인하고
병실 복도로 나왔다.

유난히도 밝은 형광등 아래에
휠체어가 줄지어 있고,
그 앞을 지나니 간호사실이 나왔다.
너댓 명의 간호사들이 환자의 챠트를 보며
머리를 맞대고 주거니 받거니 말을 한다.

어떤 젊은 환자가 혈관이 나오지 않아

애먹었다는 이야길 스치며 들었다.

정형외과 병동에 와보니 아픈 사람이 천차만별 많다.

6층인 아내 병실에서 층층이 계단을 따라

1층 편의점까지 걸어내려 왔다.

아픔에 잠 못 이루는 환자들

잠 못 이루는 간호사들

잠 못 이루는 보호자들

24시 불 밝히는 병동에서 잠못 이루는데

편의점에서 아이스커피를 한 잔하고

병실로 올라가 어설픈 잠을 청해야겠다.

오늘은 아내와 안성으로 내려가는 날.

아침을 가르며

까치와 참새소리가 유난히도 크게 들리는
아침 산책길에서 마주친 사람들은
모두들 미세먼지 때문에 마스크를 쓰고 나왔다.

건강관리에 좋다고는 하지만
왠지 이방인들을 보는 것 같아 마음 편하지 않다.

산책길 따라 늘어선 가로수와 맞닿은 하늘은
한 폭의 수채화처럼 흰구름과 파란 하늘이
조화롭게 모자이크 처리되어 있다.

비봉산 자락에서 뿜어져 나오는
나무들의 싱그러운 산뜻한 냄새가
아직은 내가 젊다고 느끼게 만들어 준다.

산책을 하다가 정자에 걸터앉고 보니
주위 운동기구를 이용하는 사람들이 많다.

나도 운동이나 하다가 가야지

오늘은 왠지 기분 좋은 하루일 것 같다.

이렇게 까치가 노래해 주는 것을 보면……

잘록한 허리

비봉산 허리 사이로 붉은 아침 해가 떠오르려 한다.
길게 늘어선 아파트 사이로 커다란 성당이 보인다.
새벽 미사 가는 사람들 중 칠십이 넘은 여자 분들이 많다.

아침 공기가 시원하여 정신이 맑아지는 것 같다.
산책길에서 앞서거니 뒤서거니
가는 것은 꼭 서로 자신들이 건강하게
오래 살고 싶다고 경쟁하는 것 같다.

산책하는 동안 아는 사람을 만났다.
지팡이를 의지하여 절름거리며 오고 있었다.
고혈압에 당뇨까지 있다는 것이다.

어머니께서 95세에 돌아가신 장수 집안이기는 하지만
건강은 장담할 수 없는 것이니 바쁜 생활 속에서도
산책을 게을리 하지 말아야겠다.

해가 떠올랐다.

아침이슬이 햇빛에 반사되어 반짝인다.

아내 모르게 쌀 한 주먹가지고 온 것을

참새들에게 주고 가야지 -

오늘도 즐거운 하루를 맞기 위해

경쾌한 발길을 옮겨본다.

어머님 추모 1주년에

요즈음 한낮에 길을 걷다가 보면
더위 때문에 불편한데
오늘 아침 산책길은 서늘하여
시원한 생각이 들었다.

산책을 하다 보니 성혜원이라는
장례예식장을 지나고 있었다.

성혜원에서 어제 전화가 왔는데
어머니 돌아가신 1주년(20일)에
추모에 뜻으로 꽃을 보내 준다는 것이다.

어머님은 95세로 건강하게 사시다가
병원에서 사흘 입원 후 돌아가셨다.

돌아가시면 연민이나 후회로 남을까 봐
세심하게 돌봐드려서 그런지

마음은 많이 아프지 않았다.
나도 어머니처럼 세상을 마감할 때
주위 사람들을 고생시키지 않고
곱게 살다가 가야겠다는 생각을 한다.

산책길에서 서로 오가며 인사를 하고
아침을 열어 가는 것은 좋은 것 같다.

아!
이제는 여름인가 보다.
더위를 피하느니 즐겨야겠다.

집에 가서 시원하게
샤워나 해야겠다.

잠 못 이룬 밤에

잠에서 깨어(새벽 4시) 책상에 앉아본다.
전깃불을 끄니 책상의 스탠드 불빛만이
방안을 어렴풋이 비추고,
창밖의 까만 밤이 유난히도 적막하여
벽시계마저 소리가 너무 커서
외로움이 엄습해 온다.

어제 아래층 노인의 장례예식장에 다녀왔다.
평소 노인이 예민하여 층간 소음으로 사이가 안 좋았는데
미운 정도 정이라고 마지막 가는 길에
조문을 하고 싶었다.

그 집 외동딸이 내 손을 꼭 잡으며 미안하다고 한다.
내 어머님이 돌아가셨을 때도
요즈음 아내 인공관절 수술 후에도 인사가 없었다.

나는 등을 토닥여 주며 말했다.
"서로 배려하며 살면 살아가는데
문제가 없을 것 같다고……"

누구나 사람은 자기 입장으로부터 시작되기 때문에
남을 생각한다는 것이 쉽지가 않다는 것을 안다.
사람은 시간이 지나 나이가 들면 죽겠지?

나도 남은 세월 열심히 살아서 후회 없는
삶을 영위해야겠다.
창문 밖에 날이 훤히 밝아온다.

후회 없는 삶

산책을 나서려는데 비봉산 자락 절에서 울리는
종소리가 은은하게 내 귓전을 스친다.

하루를 막 시작하려는 마음속에서
생동감이 불끈 솟아오르는 것 같다.

요즈음 북미회담이다, 6.13선거다, 월드컵이다.
너무 분주하게 돌아가 마음이 바쁘고 혼미하다.

마음에 여유를 찾기 위해 천천히
주위 풍경을 음미하며 걸어본다.

나는 천천히 세월을 보내고 싶은데
시간이 너무 빠르게 흐르는 것 같다.

순간순간의 시간들을 소중하게 뜻있게 보내며
후회 없는 삶과 노후를 살아야겠다.

이제 산책길에 반환점을 돌았다.
새들이 아침을 알리는 합창소리를 들으며
집으로 가야겠다.

아! 상쾌한 아침이다.

맴도는 까닭은

내가 까만 밤에 깨어 서성이는 까닭은
아침이 쉽게 오리라는 예감 때문입니다.

내가 당신 곁을 맴도는 까닭은
따스한 눈길이 있기 때문입니다.

여름이 가고 또 가을과 겨울이 온다 해도
변함없는 것은 내가 살아있다는 것입니다.

내가 까만 밤을 좋아하는 까닭은
내 안을 잘 들여다볼 수 있기 때문입니다.

짧은 순간

사람이 살아가다 보면
편한 일도 있지만 험한 길도 많이 나타난다.

사람을 좋아하다 보면 좋을 때도 있지만
난처하고 상처를 입을 때도 있다.

우리 인생사 산다는 것이 너무 짧은 순간이기에
모든 것을 잘 배려하고 감싸안아야겠다.

사노라면 그 또한 뿌듯한 것이 아니겠는가?
남은 삶을 염려하기보다는 음미하며 살아야겠다.

삶을 살고 싶다

느끼고 싶은 것은 많이 느끼고 싶고
간직하고 싶은 것은 많이 간직하고 싶은데
현실에서는 그러하지 못 하는 것은
내가 너무 덕망이 없기 때문인가 보다.

이제부터라도 열심히 노력하여
많이 느끼고 간직하여 그윽한 삶을 살고 싶다.

봄은 가고 여름은 왔는데 마음속으로는
파릇파릇 새싹을 키우는 봄을 더 좋아한다.

내 삶에서도 봄날이 곧 올 것이라는 기대감에
열심히 준비하고 생각하며 오늘도 기다린다.

낙수 지는 소리

어제 비가 종일 오더니만 오늘 새벽에는 그쳐
낙수 지는 소리가 유난히 커서 내 가슴에 꽂힌다.

시간이 지나 갈수록 커지는 그 소리에 신경을 쓰느라
글 쓰는 것에 집중이 되지 않는 것 같다.

날씨가 후덥지근하여 선풍기를 켰더니
그 소리가 또한 너무 크다.

빗소리로 인하여 듣지 못했던 새들의 지저귐이 들린다.
비가 온 후에는 공기가 깨끗이 정화된 것 같아 기분 좋다.

누구나 자기가 살아가는 터전이 제일 익숙한 것이 좋듯
나도 고향인 안성에서 사는 것이 지금 여유롭고 행복하다.

참새들이 빨리 나오라 성화니 그만 산책하러 나가야겠다.

빗방울

후드둑 후드둑
빗방울이 떨어진다.

촉촉이
내 마음을 적신다.

재능 기부

어제는 비가 오지 않더니 오늘은 새벽부터 비가 온다.
우산이라도 받쳐 들고 산책길에 나갈까 했지만,
조용히 책상에 앉아 머릿속으로 일상을 정리해
보는 것도 나쁘지 않다는 생각이 들었다.

내가 센터 나가는 일에서 자원 봉사하는 일은
사람들을 상대로 시를 가르치는 일이다.

이왕 봉사하려면 막연하게 할 것이 아니라
내가 잘할 수 있는 재능기부를 하고 싶은 것이다.

나도 한때 사업에 실패하여
정신적으로 어려움을 겪었듯이
많은 사람들을 위하여 재능기부와
봉사자로서 최선을 다하고 싶다.

남을 가르치려면 공부를 더 해야겠다.

붉게 물드는 기운

산새가 찌르르 찌르르
까치가 까악까악
참새가 짹 짹 짹 –

소리가 정겨워 신작로를 지나 산책길로 접어들었다.
산허리를 따라 시선을 옮기다 보면
지붕들 위로 파란 하늘이 보인다.
동쪽으로부터 서서히 붉게 물드는 기운을 바라보면
아침이 오고 있음을 직감한다.

길가 운동기구 옆 벤치에 앉았노라니
운동 나온 사람들이 거의 여자 분들이다.

어느새 내 등허리에 느끼는 햇살이
한낮에는 몹시 더워질까 은근히 걱정이 된다.

이번 장마가 그치고 나면 가을이 오겠지……

그때면 글을 쓸 수 있는 생각이 활발해지려나

고운 내 님 같은

고운 내 님의 붉은 볼같이
어여쁘게 무르익는 저녁노을은
언제 보아도 가슴이 뭉클한데
하늘에 물감 풀어 놓은 수채화처럼
화폭에 담는 화가가 되어 본다.

까만 밤이 오면 하루의 고단함도 잊고
마주할 수 있는 내 자신은 언제 보아도 그 자리인데
변하는 것은 세월이라
오늘도 어제를 돌이켜보고
내일을 생각해 본다.

지금도 고운 내 님 같은
내 자신을 들여다본다.

피안에 서고 보니

가볍다 생각하기에는 너무 무거웠고
무거웠다 생각하니 너무 가벼웠던
나의 삶이 이제 60세와 70세의 반턱에 걸려 있다.

무엇을 위해 그렇게 열심히 살아왔는지
무엇을 얻기 위해 그렇게 발버둥 쳤는지
인생을 돌이켜 볼 수 있는 피안에 서고 보니
억울할 것도 부족할 것도 없는 삶이었지만
돌아오는 것은 영화 장면 같은 찰나였던 것 같다.

점점 박진감이 떨어질 수 있는 나의 삶에서
센터에서 시와 서예를 가르치는 자원봉사를 통해
활기찬 일상으로 살고 싶다.

촉촉한 날씨를 접고

늘 촉촉한 날씨를 접고 메마르고
더운 여름이 되었나 봅니다.
늘 산책 나갈 때마다 시원했던 날씨가
후덥지근하려 합니다.
여름은 깊어만 가고 청포도는 익어가려는데
마음은 개나리꽃 피웠던 봄날 그대로입니다.

이제 사람들은 무거웠던 일상을 버리고
짐을 싸서 여행을 떠나야겠지요.
나도 여행을 떠나고 싶은데
자식들이 모두 저마다 계획이 있기에
집에서 방콕하여 책이나 좀 보아야겠습니다.

아침 산책길에서

아침 산책길에서
지저귀는 새소리와
미풍에 흩날리는 풀내음은
언제 느껴도 좋다.

매일 같이 나오는 이 길은
나의 동무이자 스승이며 교훈이다.

우리 시인들이 다른 사람들과 다른 것은
생각하고 또 그 생각을 글로 써서
승화시키는 힘이 있기 때문이라고 생각한다.

오늘도 어제와 다른 느낌의 산책길에서
행복한 마음을 가지면서 –

잠 못 이루는 밤

늦은 저녁 샤워를 하고 작은 방 대나무
돗자리 위에 얇은 홑이불 깔고
LED 등을 끄고 서 까만 밤에 반듯하게 누웠다.
좀 더 시원하게 자기 위에 거실
에어컨을 끄고 선풍기를 돌린다.
네모난 창문을 통해 가려진 방충망 사이로 밖이 보인다.
앞집도 창문을 열어 놓은 채 잠이 들었나 보다.
나는 자다가 일어나서 창밖을 바라본다.

별 하나 나 하나, 별둘 나 둘

멀리 들리는 비행기 소리에 몸을 싣고
나도 여행을 떠나는 상상을 하며 잠을 청한다.

아침을 열어가는

이른 아침 아파트 주변에 주차된
차들이 잠들어 있을 시간에
부지런한 참새들은 저마다 지난 밤
소식을 전하려 지저귄다.
산책을 나오기 전 샤워를 하고 나와서 그런지
날씨가 선선해 보인다.

학교로 테니스를 하러 가는 사람
비봉산에 올라가려고 하는 사람
나처럼 산책을 나온 사람들 ─

활기찬 아침을 열어 가는 사람들이 나는 좋다.
오늘도 변함없이 새들이 이끄는
산책길을 따라 걷노라니
자연과 동화되는 것 같아 좋다.

한나절 내내 아내와

꼼꼼쟁이 아내도 어제는 너무 더웠는지
평소 전기를 아끼느라 에어컨을 잘 틀지 않았는데
꽤 오랜 시간 틀어 놓았다.

덕분에 나는 밖에 나가 친구들을 만나는 것을 포기하고
한나절 아내와 지난 시절 연애했던 것을
끄집어내서 이야기했다.

아내가 말하기를,
"지금 같으면 경제관념이 부족한 당신과 결혼을 안 했을 것
이다." 라고 어깃장을 놓는다.

그렇다.
나는 돈을 쫓아 열심히 살았지만 나에게
돈 버는 행운은 없었다.

사업에 실패한 뒤로 무료했던 삶 속에서
간간이 써 보았던 글이 오늘에 이르러
나는 시인이 되었다.

벅찬 마음으로 남은 삶을 잘 쓰지는 못하지만,
한 줄 글이라도 쓰며 살고 싶다.

나는 오늘도 글을 쓸 수 있어서 행복하다.

파김치가 되어

더위에 지친 하루를 보내고 선선한
바람을 갈망하면서 아침을 연다.
점점 더 녹음이 무르익어가고 새소리
또한 왁자지껄한 것을 보니
주위에 사는 새들이 모두 이 산책로
주변으로 이사를 왔나 보다.

하늘은 높은데 구름이 없고 내리쬐는 태양 아래
사람들이 파김치가 되어 가는 것 같다.
오늘도 지루한 여름날 하루를 보내고
낙엽 지는 스산한 가을을 생각하며
마음을 달래야 할까 보다.

아직 오지도 않은 가을을 재촉하며 이열치열로
여름을 즐겨야겠다.
사무실 에어컨 아래 앉아 보고 싶은
책들이나 읽어야겠다.

매미 소리를 들으며

오늘은 일요일 아침이다.
유난히 크게 들리는 매미 소리를 들으며 눈을 떴다.
매미도 더위를 먹어서 그런지 우렁차지
못하고 시름시름 들리더니
기어코 소리를 접고 자취를 감춰버렸다.

대신 풀벌레 소리가 요란하여
자리를 털고 일어나 산책길에 나섰다.
어제 비가 조금 오는 것 같더니만
금방 그쳐서 더위 식히는 데는
아무 상관없이 되어버렸다.

이세 조금 있으면 가을이다.
그때쯤이면 내 마음도 마음대로 꿈과 현실을 넘나들며
아름다운 시를 쓸 수 있으려나 생각해 본다.

나는 주머니에서

오늘 산책길에서 까치가 저렇게 짖어 대는 것을 보니
좋은 일이 있으려나 내심 기대가 된다.

참새들 목소리가 가까이에서 뚜렷이 들리는 것을 보니
요즘 먹을 게 있어 먹이사슬이 좋은 것 같다.

나는 새들에게 주려고 갖고 나온 한 주먹 쌀을
뿌려주고 먼 발치에서 바라본다.

참새 떼들은 바쁘게 쪼아 먹고는 고맙다는 말도 없이
휙 하고 멀리 비봉산 기슭으로 날아가 버린다.

까치는 친해지려 해도 참새들처럼 상냥하지가 않다.
하지만 좋은 소식을 물어다 주는 길조니
정중히 대해 줘야겠다.

돌아오는 길에 핑 소리도 들렸다.

오늘은 친구들을 많이 만나 기분 좋은 날 -

어서 가서 샤워하고 출근 준비를 서둘러야겠다.

작가의 말

　인생이 황혼으로 접어드는 길목에 와서야 저는 꿈을 하나 이루었습니다. 지는 해를 그저 묵묵히 바라보며 소일삼아 쓰던 글들, 그것만으로도 좋지 아니한가 싶었는데 문득 눈부신 낙조가 느껴지는 순간입니다. 짧지 않은 세월을 견뎌온 우리 모두의 노고에 한없이 부족하기만 한 제 시집이 작은 위로가 되고 휴식이 되길 소망합니다.

　이 시집이 나오기까지 제 일처럼 여기고 물심양면으로 도와준 내 친구 김승일 박사, 그리고 김종철과 이관식에게도 다시 한번 고마운 마음을 전합니다.

2019년 2월 2일
비봉 김성수